SOPA DE LIBROS

© Del texto: Vicente Muñoz Puelles, 1998
© De las ilustraciones: Noemí Villamuza, 1998
© De esta edición: Grupo Anaya, S. A., 1998
Juan Ignacio Luca de Tena, 15. 28027 Madrid

Primera edición, octubre 1998
2.ª impr., noviembre 1999
3.ª impr., septiembre 2000
4.ª impr., noviembre 2000
5.ª impr., febrero 2002

Diseño: Manuel Estrada

ISBN: 84-207-8986-0
Depósito legal: M. 4.411/2002

Impreso en ORYMU, S. A.
Ruiz de Alda, 1
Polígono de la Estación
Pinto (Madrid)
Impreso en España - Printed in Spain

Muñoz Puelles, Vicente
Óscar y el león de Correos / Vicente Muñoz Puelles ;
ilustraciones de Noemí Villamuza. — Madrid : Anaya, 1998
64 p. : il. col. ; 20 cm. — (Sopa de Libros ; 21)
ISBN 84-207-8986-0
1. Miedos infantiles. I. Villamuza, Noemí, il. II. TÍTULO.
III. SERIE
860-34

Óscar y el león
de Correos

SOPA DE LIBROS

Vicente Muñoz Puelles

Óscar y el león de Correos

Ilustraciones
de Noemí Villamuza

ANAYA

**PREMIO NACIONAL DE LITERATURA
INFANTIL Y JUVENIL 1999**

A los seis años, Óscar tenía
miedo de dos cosas: de la criatura
de la noche y del león de
Correos.

No le asustaban las personas
mayores. Tampoco le importaba
pelearse con otros niños, aunque
prefería no hacerlo.

Pero, al pensar en la criatura
de la noche o en el león de
Correos, los dientes
le castañeteaban como cuando
se quedaba demasiado tiempo
en la bañera y el agua se
enfriaba. Entonces salía tiritando
y estornudando.

Óscar y su mamá hacían
a veces concursos de estornudos.

Su mamá tenía el pelo muy
largo y ensortijado. Al
estornudar le bailaban los rizos.

—¡Aaaatchís! —estornudaba él.

—¡Aaaaaaatchís! —seguía ella.

—¡Aaaaaaaaaatchís!
—estornudaba Óscar.

Y así todo el tiempo. Era muy
divertido, pero la criatura
de la noche no lo era.

10   Para empezar, nunca la había visto. De día estaba escondida en un lugar desconocido de la casa, esperando a que llegara la noche y a que los papás se quedasen dormidos.

Por eso, cuando la luz del sol
se iba, Óscar se sentía menos
seguro.

Se asomaba a la ventana y veía
cómo en otras casas y en la calle
se encendían las luces.

Después de cenar, se ponía
el pijama y papá y él registraban
las habitaciones.

Buscaban detrás de las puertas
y de la cortina de la ducha.

Abrían los armarios
y apartaban las perchas
con cuidado, para no alertar
a la criatura de la noche.

También miraban en el interior
de los espejos. Primero en el
tocador de mamá, que era
pequeño y redondo y lo
aumentaba todo.

Después en el del baño,
que siempre estaba lleno
de salpicaduras.

Por último en el espejo del
vestíbulo, que era casi tan alto

como la pared y reflejaba
una casa distinta, con cuadros
y muebles diferentes.

Si yo fuera la criatura
de la noche, pensaba Óscar,
me escondería en el espejo
del vestíbulo. De día era
un espejo inofensivo, y hasta
podías sacarle la lengua.
Pero de noche, para mirarse
en él, había que estar con papá
o con mamá.

Por fin llegaba el momento
más emocionante. Óscar y papá
se tiraban al suelo y con una
linterna buscaban a la criatura
de la noche bajo las camas.

Primero miraban debajo
de la cama de papá y mamá,
donde había un espacio grande
como una cueva. Luego
exploraban debajo de la cama
de su hermana Eva y después

debajo de la cama del propio
Óscar.

—¡Ya está, ya lo tengo! —decía
papá. Pero era una broma y
le enseñaba un zapato, un coche
de juguete o una pelota que
acababa de encontrar—.

¿Lo ves? ¿Ya estás tranquilo?
—le preguntaba, riéndose.

Óscar no estaba nada
tranquilo. Sabía que había
terminado la exploración,
y que la criatura de la noche
había vuelto a burlarse de
ellos.

Si al menos hubiera
podido dormir con los
mayores... Pero no le
dejaban.

—Tu hermana duerme sola —le recordaban.

Era cierto. Eva tenía sólo cinco años, pero nunca había sentido miedo. Dormía la noche entera de un tirón, a oscuras,

y se levantaba tan fresca.

En cambio, él necesitaba al menos tres luces encendidas, la lámpara del techo, la de su mesilla de noche y la del pasillo.

Pero no bastaba, y cuando se despertaba a medianoche había lugares del dormitorio que quedaban en sombra.

La ropa que se había quitado,
el dinosaurio fosforescente y
hasta el elefante de peluche rojo
tenían entonces un aspecto
terrible.

Pero eso no era nada
en comparación con la criatura
de la noche, que se acercaba
sin ruido por el pasillo, rumbo
a su cuarto.

¿Le tiraría de las piernas, le
arrancaría los pelos de la cabeza
o le haría algo tan espantoso
que ni siquiera le cabía
en la imaginación?

Óscar no se atrevía a gritar,
por miedo a que no le saliese
la voz o a que la criatura
de la noche saltase sobre él.

Cuando la sentía demasiado
cerca se quedaba muy quieto,
apretando los párpados con
todas sus fuerzas.

Oía sus pasos y hasta notaba
su aliento en la cara. Pero el
miedo le impedía abrir los
ojos y enfrentarse a ella.

Pasaba sin dormir
el resto
de la
noche,
hasta
que

el despertador sonaba o sentía
en la cama el calorcito del sol.

Otras veces tenía tanto sueño
que volvía a quedarse dormido,
y al despertar se sorprendía
de que no le hubiera pasado nada.

Se preguntaba si no lo habría
soñado. Pero a la noche siguiente
volvía a oír los pasos misteriosos.

En cambio, el león de Correos
nunca se escondía. Pasaba
casi todo el día al
sol, con la cabeza
colgando del
edificio de
Correos como
si estuviera
disecada.

En realidad era un buzón.
¡Pero qué buzón! Tenía la mirada
feroz y la boca abierta, llena
de afilados dientes.

Aunque parecía de oro, su
padre decía que estaba hecho
de latón. Quizá, pensaba Óscar,
el latón era una clase de oro.

Sabía que no estaba vivo,
pero eso era lo más terrible,
porque a veces la expresión
le cambiaba. ¿Y cómo podía
cambiarle la expresión si no
estaba vivo?

A su hermana Eva tampoco
le asustaba. Cuando papá
o mamá la tomaban en
brazos, dejaba caer el sobre
en la boca del león y se reía
como si fuera lo más divertido
del mundo.

Tampoco Óscar había tenido
miedo del león de Correos
al principio, antes de cumplir
los seis años.

Lo aupaban, soltaba la carta
y el león hacía un gesto como
si la tragase. A veces hasta
se oía un pequeño ruido,
como cuando estalla una
burbuja:

—¡Gulp!

Los papás no se enteraban
de nada. Era algo entre el
león de Correos y él.

La situación cambió un día
en que mamá le pidió que
bajara a la calle.

—Necesito que eches una
carta. ¿Crees que llegarás
al buzón? —le preguntó
dudando.

Cuando le encargaban algo, Óscar se sentía importante. Pero nunca había ido a Correos solo, a echar una carta.

—Seguro. Este año he crecido mucho —dijo, orgulloso—. Y, si no llego, me pondré de puntillas.

El edificio de Correos estaba bastante cerca, en el mismo lado de la calle.

Óscar se puso de puntillas delante del león. Pero ni aún así le rozaba la barbilla.

Probó a saltar y no acertó a meter la carta en la ranura.

La tiró como si apuntara a una papelera o a una cesta de baloncesto, pero la carta le dio al león en el hocico.

Tuvo que subirse al zócalo. Apoyado en la pared, alargó el brazo y dejó el sobre entre los dientes de latón.

Lo empujaba con los dedos cuando sucedió.

Sintió que la manga del jersey se le enganchaba en los dientes y que algo tiraba de la carta hacia dentro, hacia las profundidades de la garganta del león.

Asustado, se soltó como pudo y corrió de vuelta a casa.

—¡Estás jadeando! ¿Echaste
la carta? —le preguntó mamá.

—Sí, claro.

Mamá le dio un beso y le dijo
que casi era una persona mayor,
porque ya sabía echar cartas.

—¿Y eso? —le preguntó,
señalando la manga del jersey,
donde se habían soltado
algunos puntos.

—No me he dado cuenta —contestó Óscar con voz temblorosa—. Se me debió de enganchar en algún sitio.

Desde entonces vivía con el temor de que en cualquier momento volvieran a enviarle a Correos.

De noche se despertaba y sentía cómo se acercaba la criatura de la noche, que en su imaginación tenía ahora la cara y el aliento del león.

A veces el miedo no le dejaba dormir.

Cuando se apagaba la luz en el cuarto de sus padres, iba a la habitación de su hermana y se acostaba a su lado.

—¡Has vuelto a dormir con Eva! —le decía mamá, que se despertaba antes y lo pillaba casi siempre.

—Fue Eva quien me lo pidió —mentía Óscar—. Vino a mi cuarto y me dijo que tenía mucho miedo. Me preguntó si podía dormir con ella.

Pero mamá le conocía demasiado bien, y sabía que se lo estaba inventando.

Eva se burlaba de él.

—¡Óscar es un miedica, Óscar es un miedica! —cantaba.

De vez en cuando, mamá
o papá le pedían que echase
una carta.

Llegaba a Correos y se
quedaba esperando delante
del león de dientes afilados,

con el sobre en la mano.

Miraba cómo otros
se acercaban y echaban sus
cartas sin darse cuenta del
peligro.

No les pedía ayuda, para que
no pensasen que estaba asustado
o que era demasiado pequeño.
A los seis años, como decía
mamá, uno ya era casi
una persona mayor.

Intentaba acertar en la boca
abierta, pero nunca lo conseguía.

—¡Eh, chico, espera a crecer un poco! —le dijo al pasar una mujer que empujaba un carrito.

Hasta le parecía que el león juntaba los dientes para que la carta no se colase entre ellos.

No se atrevía a subir al zócalo,
por si el león volvía a morderle.

Guardaba en su cuarto
las cartas sin enviar, entre las
páginas de un libro de cuentos
que escondía detrás de otros
libros.

Un día oyó una conversación
entre mamá y papá. Se quejaban
del correo, de que había amigos
suyos que no recibían sus cartas.

Tengo que hacer algo, pensó
Óscar mientras masticaba
un caramelo.

Era un caramelo de fresa muy bueno. Se lo sacó de la boca y se quedó mirándolo.

¿Comerían caramelos los leones? Seguro que sí, cuando pasaban hambre. Y el león de Correos, que sólo comía cartas, debía de pasar un hambre terrible.

Por eso estaba tan enfadado y por eso, quizá, había intentado morderle.

Tomó las cartas que no había
enviado y se las guardó bajo
el jersey. Luego, sin que le vieran,
bajó a la calle y se gastó casi
todos sus ahorros en comprar
una bolsa de caramelos.

Se acercó al león de Correos
y empezó a tirárselos a la boca.

Era mucho más fácil acertar
con los caramelos que con
los sobres. Además al león debían
de gustarle, porque abría
las fauces como si bostezara.

Se subió al zócalo. Mientras
el león tragaba los caramelos,
con papel y todo, Óscar deslizó
en su boca todas las cartas que
hasta entonces se había estado
guardando.

Le pareció que el león se
relamía, y que sus ojos amarillos
brillaban de satisfacción.

A partir de entonces, siempre
que le llevaba una carta, Óscar
le daba antes un puñado
de caramelos.

—Parece que el correo va
bien otra vez —oyó decir a

su mamá.

—Se les habrían juntado
muchas cartas —comentó papá,
que hablaba siempre como
si lo supiera todo.

Un día, mientras Óscar estaba
dándole caramelos al león,
alguien se le acercó y le puso
una mano en el hombro.

—¡Ya te tengo! Anda,
ven conmigo.

Era un hombre alto de aspecto
serio, con muchas arrugas
y el pelo blanco.

Óscar bajó del zócalo. Sus
padres le habían dicho que
no debía hablar con extraños,
pero él nunca había tenido miedo
de las personas mayores.

—He de echar esta carta —dijo.

—Dámela —le pidió el hombre,
y cuando la tuvo la deslizó entre
los dientes del león.

Cruzaron una puerta, bajaron unas escaleras y entraron en una habitación grande, muy iluminada.

Óscar soltó una exclamación de asombro.

Desde atrás, la cabeza del león parecía una máscara. Las cartas caían en una bandeja, de la que salía una cinta transportadora.

Los caramelos que Óscar acababa de tirar al buzón estaban en la cinta.

—Aquí es donde recogemos y ordenamos las cartas —le dijo el hombre—. Pero cada vez que vienes tú y le das caramelos al león hay que pararlo todo para quitarlos. ¿Quieres contarme por qué lo haces?

Óscar le habló del día en que, al dejar una carta entre los dientes del león, había notado un tirón y el león le había mordido en la manga.

Entonces la boca de aquel hombre tan serio se abrió de golpe y soltó una carcajada.

—El tirón te lo dí yo, seguro —le explicó—. Es lo que hago siempre cuando una carta se queda atascada. Mira —hizo como que tomaba una carta

del buzón y la dejaba en la bandeja—. Pero ¿qué tiene eso que ver con los caramelos?

—Me pareció que al león le gustarían —dijo Óscar.

El hombre volvió a reírse.

—¿No sabes que los leones no comen caramelos? —le preguntó.

Óscar se sonrojó.

—Pensé que los leones de Correos serían distintos —dijo.

El hombre se reía tanto que parecía no terminar nunca.

—¿Sabes una cosa? —le preguntó—. Hace muchos años, cuando yo era joven, había otro niño que también le daba caramelos al león. Hablé con él, lo traje aquí y me dijo exactamente eso mismo.

Óscar se quedó pensando si el empleado de Correos le tomaba el pelo. Estaba muy contento de saber la verdad, aunque también un poco desilusionado de que el león no pudiese apreciar sus caramelos.

—Ya sabes dónde estoy —le dijo el hombre—. Cuando tengas que enviar más cartas, no hace falta que uses el buzón si no quieres. Si me las das, llegarán antes.

—Lo haré.

—Y no tengas tanto miedo.

—Nunca más tendré miedo —se despidió Óscar.

Aquella noche, con el pijama puesto, papá empezó a mirar detrás de las puertas, buscando a la criatura de la noche.

—¡Óscar es un miedica! ¡Óscar es un miedica! —cantaba Eva.

—¿Qué haces? ¿No vienes? —le preguntó papá a Óscar.

—Se me pasó el miedo, papá. Ya no hace falta que busquemos más. Sé que la criatura de la noche no existe y que el león de Correos no puede morderme.

—Es curioso que me digas eso —comentó papá—. Cuando yo era pequeño, tenía mucho miedo de ese mismo león. ¿Sabes lo que le hacía?

—Le dabas caramelos para que no te hiciera daño.

Papá se quedó con la boca abierta.

—¿Ya te lo había dicho?

—Adiviné que serías tú —contestó Óscar—. Pero no te preocupes. No pienso contárselo a nadie.

Escribieron y dibujaron...

Vicente
Muñoz Puelles

—Nació en Valencia en
1948. Su temprana afi-
ción a la lectura, con los
años, despertó en él el deseo de escribir. Hoy día,
su obra cuenta con varios
libros destinados a niños y jóvenes. ¿Leía usted mucho
de pequeño? ¿Cuáles eran sus libros favoritos?

—Recuerdo el momento en que descubrí que sabía
leer, no las frases en la pizarra sino un libro de verdad.
Creo que es en la infancia cuando los libros ejercen
mayor influencia en nuestra vida, porque los leemos al
mismo tiempo que descubrimos el mundo. *En las sel-
vas de Borneo, Peter Pan, Las aventuras de Tom Saw-
yer* y *Emilio y los detectives* fueron algunos de mis libros preferidos.

—La mayor parte de sus libros está destinada a los
adultos. ¿Cómo se siente a la hora de escribir para niños?

—Casi todos los autores escribimos un poco para prolongar nuestra infancia. Cuando lo hago para los niños, tengo la impresión de que además cumplo una deuda de gratitud, de que estoy intentando devolver algo de lo mucho que me dieron los libros que leí entonces. Prefiero escribir para los más pequeños, porque me divierte imaginarme volviendo a la infancia más remota, y también porque creo que hay menos libros escritos verdaderamente para ellos.

—*¿Cómo se le ocurrió la idea de* Óscar y el león de Correos?

—Nací en la calle de Pérez Pujol en Valencia, a espaldas del edificio de Correos. Cuando era pequeño, mis padres me levantaban en brazos para que pudiese tirar las cartas en la boca de los leones, que son dos, uno para el correo nacional y otro para el destinado al extranjero. Todavía me cuesta pasar delante de esos leones de latón sin sentir un poco de ansiedad. Así que el cuento debería llamarse *Vicente y el león de Correos*.

Noemí Villamuza

—Óscar y el león de Correos *es el primer libro de literatura infantil que publica esta ilustradora. ¿Ha trabajado anteriormente en otro tipo de libros?*

—Sí. Empecé ilustrando algunos libros de texto pero desde siempre sentí el deseo de ilustrar cuentos, así que, ahora que me ha surgido esta oportunidad, me siento muy satisfecha. Siempre me ha gustado dibujar; es tan placentero expresar con un lápiz...

—*¿Qué supone para usted ilustrar para niños?*

—Ilustrar para niños es hacerse pequeño, utilizar los conocimientos y vivencias de un adulto, pero recuperando la propia infancia: las sensaciones de la niñez y la experiencia de la madurez.

—*¿Qué ha representado para usted ilustrar este cuento?*

—He disfrutado mucho con este cuento. Desde el momento en que Óscar empezó a surgir de los trazos del lápiz ha ido arrastrándome con su vitalidad, animándome a moverlo en las diferentes situaciones y tiempos de la historia.

Cuando creas un personaje y le proporcionas un ambiente, estás inmerso en un proceso intenso y agitado...

Al terminar, te sientas a descansar y piensas: «Bueno, ahí va Óscar, un montoncito de imágenes que salieron de los textos de Vicente Muñoz; ahora se convertirá en libro y mucha gente podrá ver lo que durante un tiempo sólo vieron mis ojos.

OTROS TÍTULOS PUBLICADOS
A partir de 6 años

Lisa y el gato sin nombre
Käthe Recheis

Lisa no es rubia, ni tiene rizos, ni cara
de ángel como sus hermanas; pero tiene un ami-
go muy especial, con el que se encuentra
a menudo entre los arbustos del jardín.
Es un gato sin nombre y sin dueño...

Caperucita Roja, Verde, Amarilla, Azul y Blanca
Bruno Munari y Enrica Agostinelli

Una vez el lobo se comió a Caperucita Roja,
pero en otra ocasión se quedó con las ganas,
igual que el lobo negro de Caperucita Verde,
el lobo que persigue en su coche a Caperucita
Amarilla y el lobo marino de Caperucita Azul.
Y el lobo de Caperucita Blanca, como tiene
tantas dificultades...